モン・サン・ミシェルに行きたいな

田中庸介

思潮社

モン・サン・ミシェルに行きたいな

田中庸介

思潮社

目次

装画＝出久根育

モン・サン・ミシェルに行きたいな

I

黙る夜

あれから一年が経って
急速に言葉が出なくなる。
夜である

心の庭をつくるように
言葉を置いていけばよい、
そうわかっているはずなのだが

どんな庭なのか、

どこに庭があったのか
どうにもよくわからない

目に何かがしみる
花粉のせいか、悲しいせいなのか
視界がかすんで
仕方がない。

きらきら星がこぼれる夜に、
駅までいいひとを迎えにいこう。

だが待つ人たちは
モアイのように並び、じーっと黙って
改札口に向きあって立っている。

分かれ道

強い、内面が、あふれだしている時に
怒るようにそれが、
自覚されている。（ポイントを渡るような
ことばのやりとりに
油断は禁物、
強い人間関係の中に
包み受けられる。

心に信号がともるように

闇の中にパッ、と咲く花がある。
見えないこの花のために
今のすべてを捧げたい。

花、
銀座の連休に、
桜がもう
終わっていた、

花、
散る、
江川太郎左衛門。

抹茶のような新緑の、
すずしげな

山ふところに分け入るのか、
山のぐるりを辿るのか、

初夏の伊豆に、
あたたかい気持ちのような、
分かれ道がある。

バルセロナ

一冊の詩集
こわれたエスカレーター
方位磁針。
不安定をかかえながら時が過ぎる。保続する、
忘れる、保続する、
私はミモザの花が咲いて。こわれた
ミモザだ、燃える真っ赤なミモザ、ミモザ。

バルセロナ、
ランブラス通りの水曜日。

不可解な、わけのわからない形象の公園と教会。
濃密なはちみつが垂れる。街角の
ベンチに。

わかい恋人たちは抱擁しながら、
ディアゴナール、
ディアゴナール、
魅力的な名の地下鉄駅を過ぎ、海のほうまで。

夏のバスが走った。
きちんとしたセックスがあった。

でもね。
時は軽く軽く軽く軽く流れた。
それから、

ビキニ、
(ビキニよ。

灰、

新月に照らされて

考える
たびに突起は
出たり入ったりする

思う、疑う、笑う、失敗する
たびに突起は
出たり入ったりする

激しく興奮する

きみの
神経細胞

細かな突起の
形が変わる

ぼくと
きみのように
新月に照らされて
ひそかに
細胞は結びつき

思う、考える
そして力が生まれる

ひとりひとりが起こす行動は
全体の意思に
どう結びつくのか

ぼくらが考える
ことについて考えることに
ついて考えるのは

考えていたよりはるかに
難しい

片対数方眼紙

文房具
について詩を書いてみるという試み
のような毎日。

わさわさした日々が過ぎ去って、
俺たちが男の子であるという記録、またはかつて
男の子であったという記憶、
のために。

甘い友情は

酒場の煙のようにもやもやと消える。
まさかの残酷な集中豪雨に打ちのめされても、
負けない、などということは
あるのだろうか。またそのための
方途として。

文具売場に買いに行く
片対数方眼紙には原点がない。
波のように座標が
ひろがっていき、
またひろがっていき。

涙、あるいは
それからもっとも遠いものとして。
この罫線の青がある。

低すぎる箱のポテンシャル

箱がある
ポテンシャルに囲まれている
箱がある
そこへ子犬が登場する
「箱の中へ入りなさい」
子犬は箱に入る
ポテンシャルが伸び縮みする
箱から子犬が顔をのぞかせる
すると箱が子犬を覆い隠す

子犬が跳ねて箱を飛び越そうとする
箱が子犬を覆い隠す
その繰り返し
繰り返し、
それでも
人々は箱のポテンシャルが低すぎると感じている
だが私は箱のポテンシャルが低すぎるとは考えていない
この場合、子犬は
子犬は
十分無視できるほど
小さいものとする
だがそこに
君は知っていたのか
おお、
とりかえしのつかない一つの

悔恨、
それが
ひそんで
いる

道の終わり

細い道が山に向かって続く
左右は田畑、あるいは家屋、私はそれは知らない
プレッシャーでもう、デプレっちゃいそうになったが何とかなりました
何とかなりましたか、
救いとかそんなものはぜんぜんない、
状況は特に改善していない、
ただ、か細い道が続く、

風船が勝手に飛んでいくような、

その勝手を逆再生。
宇宙全体の大爆発が、
あのテーブルのコーヒーカップから始まったとは。

要するに私は、
私はそれは知らない、
要するに私は、
私はそれは知らされていない、

細い道のつきあたりには
幾重にも重なった森の木々がある。
低い木々の向こうに高い木々。
道のつきあたりに生い茂っている。
細い道のつきあたり、
柵に沿って私は曲がる。

冷たい石の柵だ
柵に沿って、
私は右に曲がる。

Ⅱ

海のカフェ

七月は
身の回りのぎざぎざがいっそうひどくなる
なんとなくシニカル
なんとなくネガティブ
そんな毎日を
どうして
反省しないでいられるか

地下鉄の駅前から

都営バスに乗って
都営バスを乗り継いで
都営バスを
降りる
その日まで
ぼくらは

ぎざぎざでも
ろくに挨拶もしなくても

海の
カフェに行きたい
そう思って
過ごそう

からし壺

甲州に帰る。かいじ号に乗って。

(この世のすべてはゼロにほかならない、
(ということはですね、
(ゼロはすべてにほかならないということでもある、

家族全員でごはんを食べる夢を見て目を覚ます。
その前に、寝台特急に乗ったり乗らなかったりする夢。走る列車を外から見るのと、中の
シートについたりつかなかったりするのと

東北の大津波がすべてを押し流すのがテレビで映る。
田畑や家々など。津波が当たると家から火が出る。
そして流れて。

放射能のレベルを気にしながらの母の葬儀であった。
お骨
を拾ってもらって。そのお骨の一部をからし壺に入れてそのまま
ふるさとに旅に出る。

放射能から逃げるように東京を離れ山梨。温泉につかって部屋に戻る。
かばんをあけてみるとからし壺のふたが開き、母がかばんの底に
こぼれだしていた。
からし壺のふたがねじこみ式でないことを父はすっかり忘れていたのだ。

津波の写真が載っている山梨日日新聞のページをあけて。
かばんの中身を新聞の上にあける。
白い粉がさらさら、こぼれだす。

骨灰というものは産業廃棄物になるほどのものだけれども、
かばんの底のざらざらをそのままにしておくわけにもいかず。
できるかぎり回収してやりたいと思って
裏っ返しにして振るう。
布の目に入りこんだ骨粉を。
一所懸命かきだして新聞の上にあけた。

薬包紙に測りとった試薬をふるうように、
新聞の折り目に沿わせるように、
お骨の粉をもとに戻した。こぼれないように。

失わないように。

（というか、もう、失っているのですけれども）
（というか、もう、失っているですよ）

それでも畳の目にこぼれるわけですじゃんね。
細かい粉が。

それを人差し指でなぞる。
なぞって一つずつ拾ってから、からし壺に戻す。
お骨の断片は意外にとげとげしていて、
眼には見えなくても、指でなぞると指に吸いついて来る。
指に刺さるというか。

母が指に刺さります。

計画停電の、薄暗くなった夕暮れの座敷の窓辺で、
畳の目に散らばった細かい骨片を、
ひとつまたひとつと指で探し当て、
からし壺に戻す。

（解剖に立ち会われますか）
と言われたときには
いやいや肉親ですからさすがにそれは、
と断りましたが、よもや
母さまのご遺骨を、
こうやって、ひとつひとつ指で拾おうとはね。

想い出多き女、おっかさん、

と深沢七郎は書いた。
深沢さんちは印刷屋で、うちはぶどう畑のこっちの新聞屋だから、
父は戦前に、ずいぶん遊んでもらったらしい。

ふるさとの山が見える。
ふるさとの川がながれている。
八十年の歳月を越えてふるさとに戻った父は、
子ども時代の話を聞かせてくれる。踏切の川で釣りしていると、
中央線、石和の駅の転てつ器が唐突に響き、
魚がみんな逃げちゃったと。

なにさ、この感傷旅行は。
父と二人旅。

イヤ、三人ですよね。
母さまと一緒ですから。
(これがおれの**檜山節考**というわけですか)

からし壺にサランラップを巻いて。
薬のシールでそれが取れないように。
べたべたと止めた。おれの名前の断片と、
薬の名前の断片が、
からし壺の梅の実の絵にまざる。

寒い断片。

笛吹川の三月。

北岳、甲斐駒がまっしろに雪を抱き、

鋭角的に時を映すように。

しかし車窓にながれる里山のすべては
もうまもなく芽を吹きはじめて。やわらかい
やるせない　甲府盆地の春を
徐々に準備しなさるのが見えました。

叫ぶ芋畑

三月九日に母がなくなりました。
三月十一日に地震がきました。
三月十四日のお通夜と、
三月十五日の告別式との間に、
放射能が東京にきました。
これはほんとの話です。

四月二十三日に四十九日の法要。
四月二十七日に父が骨折。

おととい四月二十八日に人工の、股関節に
大腿骨頭が入れられる。
これはほんとうの話です。

もっとも重要なことは心の安寧である。
祖先、地勢、方位など、風水。
それに――、身体の衛生と精神の衛生、
とかなんとか。

持てる者、持たざる者。
女にもてるとかもてない、ということではないよ。
むしろ究極的には、その財産をっ。
財産をどのようにしてよく、活かせているか、
ということが一番強烈、
なんじゃないでしょうかねえ。

水面が広がっている。
静まり返ったその水面に、時々さざなみが立つ。
何かが溶け込んでいるのか、
わやわやと陽炎のようなものが走る。

春の水だ。
この打ちひしがれた四十男に、春の水なんてものがまだあるものか。
全然。そんなものがあるものか。

いやそれでも、なお。
でもなお、これは間違いないかも、
(スプラッシュ、
ほらっ、
春の水だ。

おれ叫ぶから。
叫ぶから。おお、おれは
叫びますから。(大丈夫、大丈夫、
ことばがきれないように、こときれないように、
わたしは精いっぱいに
叫ぶ人です。

芋畑のようなものが見えている。そいつに、
端のほうから種芋を植えていく
種芋を植えたら水をまいて、水をまいたら
こやしをやって、そうしてそうして
丹精こめて芋を育てる。

やっとそれが、それがどんな

芋畑だったとしても、おれの全幸福は
この芋畑とともにある。

叫ぶから、叫ぶから。
春の水へ。

叫ぶから、叫ぶから。
春の芋のように。

おれはひとつの、
世界にただひとつのように、
叫ぶ、芋畑だ。

杉の根、延命、グランドデザイン

目の前の
ガラス窓から杉が見える
カフェの窓から駅前広場の大杉が見える
阿佐ヶ谷駅前カフェ・ソラーレの窓から
中杉通りバスターミナルの真ん中に二本の大杉が見える
私は充電している
私はパソコンを充電している
私は杉の根に注目する
駅前広場の大杉の根である

杉は特異な形態をもって地面からそそり立っている
特異な形態だと？
その通り、特別な形態である
四方八方、いやもっと、
おそらくは十二支・八卦・十干を組み合わせたる二十四方位へと向かい
杉は根を張っている
杉は杉の根を張っている
その幹には根に由来する管状の構造がある
全方位から
全方向性にアプローチ
杉の幹の表面を這いずり上がっていく
（吉方位、凶方位
それぞれの運命の杉の根が、
こいつの幹をまっすぐに這い上がっていき
ずいぶん長い間、合わさらないまま這い上がっていき

まったく関係のないままそれぞれに這い上がっていき
どこか上のほうではじめて
幹と、それは同化するのだろう

娘一歳は地蔵に似ている
非常に似ていると評判である
町おこしプロジェクトの方々が
補助金でそこここに設置した地蔵さま
石の地蔵さま
わが冠婚葬祭互助会の
その玄関前に鎮座する
延命地蔵は大切にされ
街の中でも格別に大事にされて
毎月毎月、
違う衣装を着せかけられている

川のおばあさんが
ちいさな花の畑の合間
色とりどりの毛糸でていねいにていねいに
地蔵の衣装を編んでくれて
妻と娘は保育園の往復に
地蔵の前を通過する
そうしたらどうも友達になったらしいのである
夜中に気に入らないことがあると
夜更けに不安なことがあると
娘一歳はけんめいに地蔵に訴える
延命、延命、延命、延命、
と、娘一歳は訴える
延命、延命、延命、延命、
と、熱い涙をぽろぽろぽろぽろこぼしながら
娘一歳は言うのである

グランドデザインが変わろうとしている
たくさんの方々が通り過ぎていく
グランドデザインが変わろうとしている
あのことこのこと知る方々が少なくなった
知っていること、知らないこと
経験していないこと、経験したこと
知っている人、知らない人
経験した人、経験していない人
みんなそれは知っていた
みんな経験していたんだ
当然のように知っていた
当然のように経験していたから
しかしもう、それは遠く遠く過ぎ去って
経験した人たちは一人ずつ

いなくなっていく
そう。何にもものを食べなくなって
昔の人のようにあっけなく、おばは病院でしんだ
そう。二階のアトリエはすべて整理され
一山の植物図鑑だけが来る人を待っていた
溶暗。
溶ける暗闇。
恐怖の記憶は消去される。
知っていたものたちの集団が
知らないものばかりの集団になるときに
グランドデザインは変わるのさ
経験したもの
経験していないもの
グランドデザインは変わっていく

そろそろ
チェックアウトじゃなかったですか
午前九時でチェックアウト
歩道橋を新しくする工事をしています
高崎駅前ビジネスホテル
平和な素泊まりプランは六千七百円。
東京であなたが買った新幹線チケットが間違っていたせいで
最後の北陸新幹線になりました
チケットを交換してくれて
ありがとう
新宿南口みどりの窓口のお姉さんよ
ありがとう
ありがとう
杉の根
延命

グランドデザイン
あるいは
グランドデザイン、延命、そして
杉の根

ああ、ホログラム
過ぎさっていくホログラムだ
チェックアウトの時間が
迫っている

むかしの虎

昔の優しい人たちは
黙って左横に坐ってくれたものだった
モンスターのように怖い
もじゃもじゃ頭のあの人も
おだやかな映画の先生だったあの人も
ああもうどこだったのか記憶にないが
壁際のパイプ椅子に並んで坐り
このとんがった少年の
わけのわからない不安
過激なだけの話を

静かに静かにきいてくれたものだった
そして一向にわからない虎のたたかいの言語で
むちゃくちゃにおれを
励ましてくれたものであった
だがあまりにも
あまりにも優しすぎたものだから
その人らはすでにこの世にはなく
冬の風だけが舞う、
ああ
どうすればよいのか
むかしの虎たちは
もうきっと
一羽の鳥のかたちとなって
小春日和のどこかの日向を
うらうらと駈けている

リバー、詩、ブル　あるいは都市の仮面

ある日、橋の上から
木の葉が風に吹かれて落ちる
ご連絡よろしくお願いします
風に吹かれる人生なんか
なんの足しにもなりはしない
ご連絡よろしくお願いします

微妙に凸凹した地面である
道がくだってまた登る

地形を人間は均すことができない、なんて
低いところは低いまま、高いところは高いまま
秋はリビドーが坂をころがり落ちて
低いところにリビドーがたまり
ふつふつと泡だって流れていく

河には丁寧に蓋をして
それが道だとしておこう
細かい地面のひだの底
必ずそこには河がある

リバー、リバー、
リバー、詩、ブル

さあ、蓋をあけて

暗渠の裏側に入り込もう
ことばの裏側に宙づりになって
とろとろ流れる水を下っていこう
ことばの流れはすごく速い
左右に折れて、また合流して
リビドーが燃え尽きてしまっても知らないよ
それでもことばは流れていく
流れ流れていく先に
何が待つのかわからない

祭りのような、ドブみたいな、
きょうは朝から風船職人
ことばの風船細工を飛ばしている
闇の中に、ツタのからまる洋館のような
ほのかな明るみがあらわれる

暗渠の上を自転車こいで
どこまでどこまで行ったとね
ふたがかたかた揺れながら
橋の跡では持ち上げて
河もないのに柳が生えて
水もないのに音がする

家の間をのぼっていくと
誰も知らない野原があった
松林の丘から急坂を下ると
欄干のないどんどん木橋、板の隙間から
川が見えたよ

ああ　ここは

地獄の三丁目
何かものすごく悔やまれる
すえた川の臭い
ぐにゃぐにゃしたもの　例えば蛸
埋葬された河
道をよそおった川
みえなくなる川
流れをかえた河
黄色いカーブミラー
連れ込み旅館
修道院の丘の下
殺人があったのは
あの川のアパート

わからない、見えないものが

記憶のかなたにある
わからなくなった、見えなくなった川が
記憶のかなたを流れている

台風が来た！
いよいよ高まってゆくリビドー
内水氾濫として
暗渠のマンホールが突然潮を吹く
あちらにもこちらにも
立ち上がる白い列柱！
リバー、リバース
都市の去勢にあらがおうとする　水
水　水　水
おお、都市の去勢にあらがおうとするのは
水　水　水　水

オールバックのおやじさんたちが行進する
谷を集めて河は育つ
（はあ、おれんちの裏を流れていた川だ、
都市の仮面として
そのもっともみっともない
背骨のところを
コンクリートで
ひたひたと
覆い隠す

だが
いくら暗渠にしても、
いくら暗渠にしても
砂礫層は残っている

そこからの湿気、
湿気は吹き上げてきて
じわじわとむしばんでいく
軒端の腐食！
傾く土台！

みえなくなる
地面のおきてを人間は破れない
みえなくなる
川のおきてを老人は壊せない
地面の底に
低いところに
たまっていくリビドー
一度ふたをかけたらもとに戻せない
人生はイリバーシブル、

とりかえしがつかないことだってあってもよい、
井、リバー、詩、振る
詩を振る詩を振る
フル、フル、フル、フル
、フル、フル、フル、フル
暗渠は
死のメタファーだらけ、
銀のメタファーだらけ、
しずくがほらほら、
蓋の裏側にびっしりついている

（絶滅していく韻文の言語、
（理解しえない地名の語源、
（決して触れてはならない、
（おまえは、

おお、おお、
道をよそおって
星の死者をよそおって
どこまでも青く澄んでいく水、
昔の地図の隙間にだけ
ぎざぎざに
青く、染まる
暗渠
それは今の、
今のおれたちを装う
リビドーの隙間、
ふと
忘れ去られた都市の
仮面である

雪氷

わたしの中でガラスの壊れる音がする
パリパリと砕けていく擦りガラス
内破するわたし

静寂。　冬。

あとからあとから白い断片が降ってくる
かつてそれはひとつであったもの
パンゲア大陸のように

粉雪
断片が舞う。

雪氷を口にいれて噛むのさ。
するとキーンと頭が痛くなる、その音が
シャリシャリと
耳の中に
いつまでも続いていく――。

困難な破壊。
破壊は困難である。

内から外へとねじり出すように。
そのようにして
振り落とすほかはない。

しかし、かつての
あのさわやかな興奮――。
あざやかで、親しみやすく、
絶対的に、よからぬもの。

それが、するりと
アドレッセンスの
きみの肉体に入ってきたとき、

きみはそのとき一体、
なにをどうやって、
どうすることが
できようというのか?

静かである。

雪氷がこわれるように、
かーんかーんと
内破する
火花の音。

今
それだけが、
わたしの内奥に
かすかに響いている。

沼の法則

越後妻有

きらきらしているものと沼が同時存在している
と
面白い
というこのこれは
「沼の法則」。
読めないのである
読めないのよ、同時存在が

きらきらしているものと
沼との
あっぱれな
肖像
がある
歴史の村、それを再興する
プロジェクト
の可否
を問う
夜
の
花、

（そんなものは存在しない）
風、

風が吹く

（存在しえない）
（同時には）
（同時には存在しえない）

風が吹く
夜のらっぱ、

贈ります、贈ります、
破れかぶれになった
乳当てのように恥ずかしい、峠道はうようようよと
蟻、蜂、そして蛭の大群が
待ちかまえている

ここは沼、べとつく泥の小道である
うにょうにょと屈折する回廊のような
湿地、べちょべちょに濡れて
降りていく、沼の中に、降りていく、
そこから獣のように
悪い水が流れだしている。

だが
その沼からは
這いずり上がる
二本の高い灌木がある
悪い水を
吸い上げて
青々とほがらかに
勝利のムシロ旗をかかげるだろう、

沼の道が降りて行って、
わだちの道が降りて行って、
樹木のところでくっ、と右に折れ
もう一度くっ、と左に完全に折れて
その先を見失うまでが
わたくしの守備範囲である

（ほんとうのところは）
小石の石ころが、
石ころの蛙が、
ただぎゃあぎゃあ、
ぎゃあぎゃあ、
と騒いでいるだけ、
そうだったかもしれない

歯がうずく、
その歯の痛みの、歯の根っこのほうから
(ただいま準備中)
らんらんと立ち上がってくるものは何か、
(準備中です)
同時存在しなくたってよかったんじゃないの、
しなかったとしても。

夢でよくみるような
池への下《お》り口、
ほら、そこにもここにも、
枝分かれする林道脇に、
どんどんと下り口が
姿をあらわしはじめる。

どんな沼、どんな
きらきらがあったんですかね
(逼塞する)

どんな沼の、
どんな泡のひとつにも
(戸外に出るには)

せまい　校舎の階段を
そろって記憶されるように
(ユニゾンで)
歌うのです
——ごめんなさい。

妻有、妻有、
その魔法陣、

逼迫する
きみの祭典
それは
まだ
すっかり
はじまったばかりだ

Ⅲ

それを見に行く

どんな恥ずかしいことも
細胞の中で起きている
と言ってみる

だからと言って
決して何の
解決にもならないけれど

ここにある機械は

ここでしか働けないし
そこに持っていったら
ここととは違う働きをしてしまう

それを見に行く、
あらゆる手段を使って
見に行くことが
闘いである

水煙

森山大道氏に

力いっぱい　自閉せよ
自閉によって、ゆるゆると連帯せよ
手を挙げよ
手を挙げないで、手を挙げよ
きみは
急速に内閉する
この左カーブの向こう側に
何を見るか？
カーブの左側は
すこぶる視界が不良である

カーブの内面に
圧搾される暗黒がある、
水煙が立って
雨だ
横殴りの雨だ
視界はおそろしく
不良になる

俺のビークルはいよいよ
限界まで加速、
左カーブの向こう側
わが不可視の内閉の向から先へ
肩の痛みをこらえながら
奔馬のように
駆け抜けていく

ダイダラの夢

中村さんは偉丈夫で
おおよそ三メートルの大男
背があんまり高いから
二階の窓にも手が届く

「中村さん、中村さん、
ダイダラ中村さあん」
と子供らは叫んでわあと逃げる

はあ、はあ、はあ、と笑いながら
中村さんが追いかける
鷲摑みにしてぽいっと投げる

それでも、大丈夫、けがはしないんだ
沼の女神がぶわっと受け止め
で、春の太陽が乾かして　ワッショイ
ワッショイ

生ける泥人形みたいに
俺らは眠った

G／T、前に行く

For here or to go
こちらでお召し上がりですか？　お持ち帰りですか？
ろっぽんぎ、スターバックスの店員の声が耳にのこる
to/go/to/go/to/go/to

名声や地位についてのいっさいのこだわりを捨てよと釈尊はいった
そして行くのだ、go/take it/go/take it/go/take it/go/take it
私の前に［偉大な］詩人が座っていた
田中さんはもっとごじぶんの ordinary life について詩を書かなくてはならないな

と、彼はビールを飲んで言った
あなたにはまず毎日
終電まで働くライフ、そうライフですよ、
じゃんじゃん働く
研究者としての生活というものがあるでしょう、それはいろいろと
書きにくいことであるかもしれないけれども
マージナルなそれを
かかなければ駄目だ
と、彼は重々しくビールを口に含んで言った
だれかがビールを注いだ、このピッチャーからは
泡が出過ぎないようによく計算されている
自分のために詩をかくのは
よくないな、と彼はまた言いだした
いや、私は私のために詩をかきたいのだと私は言った
いや、そうではなくてと彼は言った

詩のために詩を書かなくてはならないのだと彼は言った
いや、そうではなくてと私は言った
それはよくわかりますが私は私のために詩を書くことが詩のために詩を書くことになるの
　ですと私は言った
いやいやいやいや、と彼は言った
自分の詩人としての名声や地位をほぜんするために詩をかきつづけるのは間違っているな、
まったくもう、
と彼は言った
そりゃその通りですが、いや、もちろん、それは重々わかってますが、
それでもそういうことではなくてですねえ、私は
夏のタマシイ、タマシイなんて言葉は恥ずかしいね、
でもタマシイ、
タマシイを前にto goする、渡御する、違う、go/take it
取りに行くよ、後藤さんですか、もっと違うでしょう、
go/take it/go/take it/go/take it/go/take itでしょう、

Gate《ガテー》でしょう、go/take it、Gate、go/take it、ギャーテイ、ギャーテイ、
へえ、あのお経の？　そうです、言ってみるなら gate gate
pāragate pārasaṃgate bodhi svāhā
それを行かせる（つまり、Gate する）ためだけに、
詩を書いているんです、と私
の声を借りて
存在しえない
だれかが言った
ダンス、
ダンス――、
いっさいの意味のいっさいのこだわりのなくなった
いっさいの意味のいっさいのこだわりのなくなった
詩の
行が飛ぶ、滝のように
時の

水の

流れるほどに、

こちらでお召し上がりですか？　それとも……

と

だれかが言った

五月のサンタ

何ともいえず貧しい
五月の岸辺にひとつだけ
きらきらと
砕ける舞台がある

そこにあるべきものが
なくなっている、あるいは
覆われていて見えない、

舞う人たちの指先が
ちらちらと
指し示す、「私を　みて」
の声。からだを見てほしい見てほしいと誘っている、

でも嘘、
なにも、べつに、そこまで見てほしいわけはない、
でも見てほしい、
見て。

おれたちの日常は
氷の、床である。
氷床である。
南極大陸に広がる氷床そのものが、
だだっ広くあるような、平坦なありよう。

その日常をぶちぬくまでに
身体をどう動かせるのか
ドリルで硬い氷に
きみはどんな穴を掘れるのか

隠そう隠そうとしているのに
初夏の氷床はめざめていく

隠そう隠そうと言っているのに
きみの半身は筒状に抜けていく

顔を隠してもことばを隠しても
固有の表情は、そこら中からあふれ出ようとする
ことばは春のせせらぎのように、息せききってあふれる、内側から

外側へとこぼれ落ちる
花びらの赤がある

宇宙のすきまを充たそうとするかのように
最後の大聖堂に生き残ろうとするかのように
憧れの水は
おれたちの水位を上げた

ライオンのような現実が
おれたちのあこがれを吸い尽くす前に
おれたちは　おれたちとして
ふたたび舞台に立つ

おれたちは官能のきらきら星から来た
きみの遺言執行人だ

絶望の橇が
郵便を乗せて来るよ

ゆうぐれの流れ星のように
角の食料品屋でジャムを買ったら
橇は
いよいよ天空の方向へと飛び去るだろう

五月の岸辺に、
ちらちらとした一瞬のまぶしさがある
その花びらを追っていくように、季節外れの
サンタが走る

一月のコルカタ

鳥

ベンガルの一年は四月にはじまるから
一月のコルカタの町はまだ静かである。
機内食のカレーを二食続けるとようやく
招んでくれた旧友にめぐり逢った
朝のドミトリーで目を覚ますと
コロニアル様式の窓の格子に
鳥が来た。
この遠方からのお客は誰であろうかと

窓辺にとっ散らかったスーツケースの中身をのぞいている。
水洗トイレには水のシャワーが欠かさずついて、
大きなバケツと小さな手桶のセット。
何となくトイレットペーパーを二巻き持ってきてほんとによかった。
朝日が部屋に差し込んでいる。
西ベンガルの朝日が部屋に差し込んでいる。
この堅く守られたニュータウンの
ドミトリーの池のほとりを優雅に男が歩いている。
テニスコートのほとりを優雅に男が歩いている。
自分もそうかもしれないが
特におかしいとも思わず人々が生きている。
もう一羽、鳥が来た。
別の場所に止まって、
誘っている。あきらかに、
これは誘っている。

最初の鳥はどうしようか迷う様子だ。
きょときょとと、
落ち着かない雰囲気。部屋の中にも流れてくる。
だがやはり、誘いに負けてしまって最初の鳥も、
追いかけあうようにつつっと離れ、
こみあげてくる一月の、
遠くの空へ飛んでいくのだ。

チャイ

ぜったいに氷の入ったジュースなど飲むんじゃないよ、
と、かたく釘を刺されてきたけれど、
氷など、どこにも見当たらない。
常温のミネラルウォーターと、

常温のフルーツジュースのペットボトル。
それがインドの空気の中ではおいしいのだ。
沿道に、
たくさんの屋台が出ている。
アテンダントのピジューシュにねだると、
ひょいっと屋台に駆け込んで、
一回分ずつのシャンプーがつながったのを買ってきてくれた。
すごい空色の、花の匂いがきついシャンプー。
お湯がなくても泡が立つ。
ぱらぱらっと炒めた軽い、軽いビリヤーニ。
ベンガルの魚のカレー。そしてマトンのカレー。
楊枝にさしたチリを
かじりながら食うのである。
偉人の銅像の下で
路上のチャイを飲んだ。

ぐらぐら煮え立ったやかんから
使い捨ての紙コップに注いだのを、
銀色のソーサーにのっけて出してくれる。
甘くてミルクが濃い。
煮だした紅茶がぴりっと舌をひきしめる。

（お連れさんはバングラかい？
（いやー、ジャパンだね

肌が黄色いから目立つんだ。
早口のベンガル語と早口の英語が
白く濁ったチャイの色に混ざりあって、
もわもわと昼過ぎの並木道を流れていく。

黄色い蝶

深夜のお茶を求めてノズルル・センターを徘徊していると、
いきなり売店があり、それは映画館のロビーなのだった。
開いていた戸口から客席にもぐりこんで座る。
アマゾンの黄金探しの映画をやっていた。
深夜だからお客さんは少ない。
画面では二人だか三人だかのパーティーが密林に迷いこみ、
すでに一人は巨大アナコンダに食われた。
そして黄色い蝶白い蝶ピンクの蝶などが乱舞する
幻想的な桃源郷の山を登っていくと、
シュトッ、と毒矢が飛んできて首筋につき刺さる。
原住民に囲まれて木にしばりつけられ、
あわや、というところでポケットの写真のおかげで助かる。
このわくわくする感じは、いったいいなんだろう。

魂を、鷲づかみにされた、と言ってしまってもよいかも。
板子一枚下は地獄。
おれたちはおれたちの黄金を探そう。
オールド・コルカタの歩道には水場があり、
茶色い肌のおっさんたちが脇や大事なところをせっせと洗っている。
水場は誰でも使ってよいのである。この時期には
遠いヒマラヤから行商がやってきて冬物の市がかかる。
渋滞する街路をぬけて、宿のノズルル・センターに無事に帰ってきて、
今こうして深い闇の中、インドのアマゾン川を進んでいる。

かい掘り

鳥取藝住祭

堰堤のかい掘りはお清めからはじまる
一杯はいけない、お猪口に二杯の清酒を干して
水位の低くなった山奥のダムの
築堤の内側へと下りていく

十月の沢水はつめたい。地下足袋を履いて
沼の泥へと足を沈める。と見る間に
わが脚に当たってくる銀鱗の影、
大きなたも網をもって彼らを捕えよう

泥はかぐわしい香りを放ち、網からぼたぼたとこぼれ落ちる
いまや達人は熊のように水面を叩き
両腕に鯉を抱き、また立ち上がる

かい掘りを見に行こうよ、そして経験しよう
少女は爪をはがし、夜の闇へと消えた
ようやく緊張は解け、漁人《りょうし》らは山を降りる

モン・サン・ミシェルに行きたいな

モン・サン・ミシェルという島が気にかかる
島ですよ
カレンダーにあるじゃないの
その遠景の島から
砂州のような駐車場のようなものが
ずうっとこっちに伸びていて
これは何だろうと思っていました
まあ荒地ですね
草ぼうぼうの

荒地

ところが今
モン・サン・ミシェルのクッキーが
机の上にある
純正の
モン・サン・ミシェルの
ホテルで作られたものであるからね
赤い箱に
モン・サン・ミシェルの絵がついていて
クッキーの表面にも
モン・サン・ミシェルの形が刻まれる

おお、これは
およそ島がまるごと修道院

このような奇跡はほかにはない
大海にそそり立つ岩山の
全部に修道院が貼りつけてあり
ひょっとすると岩山の中も
そっくりくりぬかれて修道院が
そこに出来ているに違いない

その砂州のような駐車場のような
草ぼうぼうの荒地のようなものは
モン・サン・ミシェルと陸地とを
むりやり繫いだ鉄道の跡
かつて浅瀬を渡った人たちは
あまりに潮の満ち引きが速いので
モン・サン・ミシェルに着く前に
地獄または天国へ送られた

おお、これは
モン・サン・ミシェル
モン・サン・ミシェル
どうしておれの前に
モン・サン・ミシェルがこうもまあ
出てくるか出てくるか
あちらからもこちらからも
モン・サン・ミシェルが
モン・サン・ミシェルのようにして
おれの目の前に姿をあらわすか

はるか遠い
北の海岸に
モン・サン・ミシェルのあるという

修道院のあるという
モン・サン・ミシェルのカレンダーと
モン・サン・ミシェルのクッキーが
不思議な縁を結び合い
このニシオギの部屋にいま
二つが二つとも集まっている

それでは
この砂州を撤去して
陸地と島に橋をかけましょう
するとまた海流が
残りの砂を運び去る
それは
いつの日か
いつの日か

いつの日か
いつの日か
モン・サン・ミシェルに行きたいな
ね
いつの日か
おれは
モン・サン・ミシェルに行きたいな
いつの日か
ある晴れた日に
おれは
君と
モン・サン・ミシェルに行きたいな

初出一覧

Ⅰ

黙る夜　「法政文芸」8号、二〇一二年

分かれ道　書き下ろし

バルセロナ　「井泉」42号、二〇一一年

新月に照らされて　川崎市岡本太郎美術館「芸術と科学の婚姻　虚舟」展、二〇一一年

片対数方眼紙　「文學界」二〇一〇年八月号

低すぎる箱のポテンシャル　書き下ろし

道の終わり　「交野が原」69号、二〇一〇年

Ⅱ

海のカフェ　「東京新聞」二〇一五年七月二十五日夕刊

からし壺　「妃」15号、二〇一四年

叫ぶ芋畑　「現代詩手帖」二〇一一年六月号

杉の根、延命、グランドデザイン　「妃」19号、二〇一七年
むかしの虎　アンソロジー詩集『現代詩１００周年』、二〇一五年
リバー、詩、ブル　「西荻ドブエンナーレ」パフォーマンス、二〇一六年
雪氷　書き下ろし
沼の法則　書き下ろし

Ⅲ

それを見に行く　川崎市岡本太郎美術館「芸術と科学の婚姻　虚舟」展、二〇一一年
水煙　書き下ろし
ダイダラの夢　「明日の友」197号、二〇一二年
G／T、前に行く　「現代詩手帖」二〇一〇年六月号
五月のサンタ　「骨おりダンスっ」8号、二〇一二年
一月のコルカタ　「妃」20号、二〇一八年
かい掘り　「モーアシビ」30号、二〇一五年
モン・サン・ミシェルに行きたいな　書き下ろし

略歴

一九六九年東京生。一九八八年度「ユリイカの新人」。一九八九年から詩誌「妃」を主宰、詩集に『山が見える日に、』（思潮社）、『スウィートな群青の夢』（未知谷）。細胞生物学の研究に従事。

モン・サン・ミシェルに行《い》きたいな

著者
田中庸介《たなかようすけ》

発行者
小田久郎

発行所
株式会社 思潮社

〒一六二―〇八四二 東京都新宿区市谷砂土原町三―十五
電話〇三（三二六七）八一五三（営業）・八一四一（編集）
ＦＡＸ〇三（三二六七）八一四二

本文組版
キャップス

印刷所
創栄図書印刷株式会社

製本所
小高製本工業株式会社

発行日
二〇一八年十月二十日